돌이 속삭인다

돌이 속삭인다

안광석 제 3시집

문학시티

시인의 말

감사합니다.

이 말을 서두에 적은 것은 제3시집을 내기까지
이 세상을 사랑하며 호흡하고 있다는 것에
내 자신에 대해 감사하다는 것입니다.

늦게나마 문학이라는 산을 쉬엄쉬엄 오르고 있습니다.
마음의 거울에 비친 주변의 세계를 그리며
시적 표현을 해봅니다.

아직도 사물을 보는 심상은 무디기 그지없지만,
시는 쉽고, 짧고 감동을 주어야 한다는 게 나의
지론입니다.

철학적 사유가 담겨 있는 시를 써 독자의 곁으로
다가가고 싶습니다.

성원해 주시는 많은 분과, 시를 읽어주는 독자의
앞날이 아침 햇살처럼 눈부시기 바랍니다.

5월의 햇살을 포옹하며
안 광 석

서문

수석처럼 단단하고 아름다운 작품 많이 쓰시길

안광석 시인은 내가 충북대학에 나갈 때 평생교육원에서 인연을 가진 분입니다. 그러고 보니 우리의 교분이 10년도 훨씬 넘은 것 같습니다. 가끔 서울 우이동까지 올라와 시에 대한 얘기를 나누기도 하고, 전화로 자주 근황을 알려오기도 합니다.

안 시인은 정이 많으며 다재다능한 분입니다. 여러 곳에서 시 강좌를 펼쳐 후학들을 양성하기도 하고, 또한 근래에는 청주시인협회를 결성하여 그 책임을 맡아 시인들의 권익과 좋은 시를 쓰기 위해 열심히 활동하는 것으로 알고 있습니다.

이번에 안 시인이 세 번째 시집 『돌이 속삭인다』를 상재한다는 반가운 소식입니다. 그의 두 번째 시집 『잠이 대청마루를 베고 누웠다』가 출간된 지 5년 만의 경사입니다. 축하해 마지않습니다. 이번에도 내게 책의 머릿글을 부탁해 왔습니다. 그래서 표제의 시 「돌이 속삭인다」

를 함께 감상해 보는 것으로 이를 갈음하고자 합니다.

자연은 천국이다
산처럼 강처럼
감사하며 사랑하라

세상은 거울이다
진. 선. 미. 추구하며
세월을 닦아라

책상 앞 좌대에 앉아
날마다 눈을 맞추며
돌이 속삭인다

-「돌이 속삭인다」 전문

제1연과 2연은 바로 수석이 들려주는 말의 내용입니다.

제1연의 내용은 우리가 사는 자연 곧 지상은 유토피아—이상향이라는 겁니다. 그러니 감사하고 사랑하며 살라는 겁니다. 천만 수목들과 수많은 금수들을 거느리고 있는 산이 아무런 불평없이 묵묵히 살아가듯이, 천만 어군들을 품에 안고 유유히 흘러가는 강물처럼 유연하게 살라는 당부입니다.

제2연은 인간 세상에 대한 비판입니다. 거짓과 악이 횡행하고 있는 인간세상을 거울 즉 반면교사로 삼아 바르게 살라는 조언입니다. 세속적인 욕망을 떨쳐버리고 진 선 미를 추구하며 맑고 아름답게 살라는 충고입니다.

제3연은 화자가 수석水石을 바라다보는 장면입니다. 그냥 바라보는 것이 아니라 심안心眼으로 바라다봅니다. 화자에게 삶을 깨우치게 합니다.

한 덩이 수석이 어떠한 미의 형태를 갖게 된 것은 수억 만 년 동안의 연마의 결과입니다. 즉 강물 속의 돌이 무량의 긴 세월 동안 비바람과 물결에 씻겨 부드러운 촉감을 지닌 그런 수석으로 태어난 것입니다. 그 수석을 마음의 눈으로 바라다보는 사람은 형언할 수 없는 무궁한 감회에 젖게 될 겁니다. 그 감회를 화자는 수석이 들려주는 말이라고 표현했습니다.

안광석 시인은 이제 돌의 말씀 곧 자연의 소리를 듣는 경지에 이른 것 같습니다. 짧은 작품 속에 깊은 사색과 철학을 실었습니다.

세 번째 시집 『돌이 속삭인다』의 출간을 거듭 축하합니다. 앞으로 더욱 깊은 사색과 정진을 통해 수석처럼 단단하고 감동적인 아름다운 작품들 많이 쓰기 바랍니다.

삼각산 아래 운수재에서

2018 봄날에 임보

세월을 낚으며

삶을 꽃물 들인다.

-〈수석 1〉 전문

차례

제 2부 고향 가는 길

제 3부 멈추지 않는 발걸음

제 4부 고추잠자리

제 5부 파란 마음

제 1부 연둣빛 꿈

맑고 엷은 / 푸른 미소로 //
화사한 바람과 / 가벼운 입맞춤 //
봄빛과 살 비비는 /
새싹의 사랑

벚꽃

연분홍 속살
비밀을 간직한 순결

봄빛 물결처럼 비친 무지개
동그랗게 매달려 있다

하늬바람에 살랑이는
소녀의 순정

차라리 달고 있으렴
피면 꺾이는 법

비밀은 풀지 않고
간직해야만 하는 우주

촌각을 버티고 있는
저 찬란한 외침을

연둣빛 꿈

맑고 옳은
푸른 미소로

화사한 바람과
가벼운 입맞춤

봄빛과 살 비비는
새싹의 사랑

피어오르는
무지갯빛

연둣빛 꿈
새싹의 용기에

봄비가 찾아와
사랑까지 주고 가네.

산수유

찬바람 온몸으로 맞으며
마른가지 뚫는
지독한 사랑의 힘으로
노랑꽃으로 태어나
가늘게 떨고 있다

지루함을 참으며
겨우내 너를 기다렸다
옛사랑의 추억처럼
홀연히 나타나
가슴을 흔들어 놓았다

한발 가까이 하려하면 멀어가는
결코 가까이 할 수 없는 너
점점 아련한 아픔
붉은 멍울로 맺혀
아릿한 그리움으로 남는다.

개나리꽃

메마른 산
황량한 대지
비좁은 길목에도

혹독한 추위
모진 바람
싸늘한 무관심에도

끈질긴 생명으로
노란 미소 띄우고
한 폭의 그림 되어

햇살과 입맞추며
황금물결 치면서
고운 음악 들려주네.

철쭉꽃

변덕쟁이 꽃샘바람
비바람이 불어와도
분홍의상 빼어 입고
화사하게 피었구려

백마 타고 오셨는가
철쭉낭자 눈부시다
나비되어 날아가면
고운입술 허락할까

다섯 폭 꽃 대궐 속
곁에 두고 살렸더니
꽃샘바람 심술꾼이
벌써 와서 흔드는군

욕심과 시기로
흔드는 세상사를
청순한 저 도령은
알기나 하시는지.

보리수

화사한 햇살 조명을 받으며
휴원농장* 무대가 열렸다

보리수나무 풍경이 연출되었다

고이 간직한 비밀을 들추자
수줍음 띤 그녀가 얼굴을 내민다

빨간 드레스로 치장한 영롱한 자태
수정구슬처럼 황홀한 빛을 발하고 있다

넋을 잃고 쳐다보다가 새아씨 볼에
눈을 지그시 감고 입술을 대고 싶다

동그란 젖꼭지를 예쁘게 간직한 그녀
만지는 촉감은 비단결이다

안개 걷히며 산새가 노래 할 때
금방울 한 아름 안겨다 준다

베품을 배운 지상의 천국
보리수 시문학회를 만들고 싶다.

* 휴원농장 : 청주시 근교 문의면 소재 농장

해바라기

화려한 조명등 하나 없는
야외무대서

풀벌레 노래맞춰
파랑노랑 이미지 연주하는가

달빛에 반사된
나팔의 화음이 아름다워

달그림자 무희의
춤사위 고와 반해 버렸나

밤새워 흥겨운 공연에
졸림도 모르더니

해 뜨자마자
수줍어 고개 숙이네.

시인은

시인은 행복하다
머리에 자음 모음 얹고
눈에 자음 모음 끼고
가슴에 자음 모음 담고
생물 무생물 불러 모아
언어를 건축한다.

시인은 행복하다
상상의 나래를 펴고
파란 하늘 푸른 세상
우주에 사랑을 심어
그대와 둘이서
언어를 건축한다.

돌이 속삭인다

자연은 천국이다
산처럼 강처럼
감사하며 사랑하라

세상은 거울이다
진.선.미. 추구하며
세월을 닦아라

책상 앞 좌대에 앉아
날마다 눈 맞추며
돌이 속삭인다.

귀뚜라미

진군 나팔소리에
뜨겁던 백사장도 식는다

코스모스 첨병 세우고
국화가 방긋 웃는다

귀뚜르르 악기소리에
나뭇잎도 춤을 춘다

가을은
이미 산천에 비단 깔았다.

귀뚜라미 연가

당신의 그 소리는 입에서 나옵니까
날개에서 나옵니까
당신의 그 소리는 노래입니까
울음입니까
당신의 그 소리는 기다림 입니까
부르심 입니까

당신의 그 모습은 입이 열 개인가요
눈이 열 개인가요
당신의 그 모습은 귀가 열 개인가요
머리가 열 개인가요
당신의 그 모습은 발이 열 개인가요
날개가 열 개인가요

신비로움 감추려는
그 슬기와 지혜를 배우렵니다
작은 체구에 눈물로 젖어있을
당신의 얼굴을 그려 보네요
연민의 정이 그리워 내게 오신다면
기꺼이 문을 열어 드리오리다.

고독

무지하게 외롭거든
꿈을 친구로 맺자

외로움은 창조다
꿈을 낳는 산실이다

외롭거든
하늘을 보고 꽃을 보라

고독 하거늘
고목나무에 꽃이 핀다.

707호실

창밖이 무지개다
아파트. 가로수. 하늘이 살아 움직인다

파란 하늘을 보지 못하고
먹구름 속에서 헤맨다

다시금 노예가 되어
침대에 눕는다

팔벼개를 하고 하늘을 날아들며
망상에 빠지다 다시 일어난다

복도를 거닐다가
화분에 핀 장미꽃을 본다

다소곳이 피어오른 장미꽃
자태에 도취되어 입술을 부빈다

가련한 분홍색 장미꽃과 대화를 한다
"우리 병실을 뛰쳐나가 하늘을 날아 볼래?"

장미꽃이 미소 지으며
“그렇게 해요” 나에게 안긴다

우리는 친구 되어
아침부터 파란 하늘을 떠다닌다.

길

한 가지 길도 모르며
두 가지 길을 찾다가
잃어버린 길

가장 높은 길
가장 낮은 길
멀고도 먼 길
가장 가까운 길

비어 있는 길
오직 한 길
내가 가는 길

오솔길로 접어들어
경사진 길을 걷는
헤쳐 가는 인생길

눈꽃

겨울 산 정상에 올라
눈꽃을 보고 싶어요.

세상에 그 어떤 꽃보다도
때 묻지 않은 순백으로
내게 다시 보여줘요.

하얗게 깨끗하게
고난을 이긴 청순한 눈빛으로
내 앞에 남아주오.

첫눈 내린 날

시간의 아픔을
첫눈이 포근히 감싸 주었네

그대가 이 땅에 처음 내린 날
삼라만상 모두가 하나 되었네

도심 속 검정이 수채화로 물들어
동심으로 돌아가 마냥 뛰었네

그대가 이 땅에 처음 내린 날
중생은 하얀 눈꽃으로 피어났네

순백의 꽃가루 밟고 가는 가슴
생을 하얗게 덧칠하여 바위 되었네

첫눈 오신 날
하늘이 열리고 천사가 내려오네.

제 2부 고향 가는 길

치매에 걸린 봄인지
모자를 쓴 초여름이 손짓한다
굴곡진 시간 속에
옹기종기 언어들이 하늘을 난다
이담리 햇볕이 무지개다

마을은 하늘

아이들은 다 헤진
치마 바지를 입고
하늘로 뛴다

누가 먼저랄 것도 없이
담 밑으로 모여들어
일제히 햇살을 잡아당긴다

각자 두 눈을 감으며
공중 부양하는 주문을 건다

멋진 말 타기는 실패했어도
자리를 뜰 줄을 모른다

겨우내 눅눅했던 몸 말리며
어젯밤 무서리 애기꽃 피우는데

영자 아버지 뒷짐 지고
긴 담뱃대를 하늘로 쳐들고
헛기침하며 지나간다.

고향 가는 길

부모님이 불러 고향 가는 길이다 찾으시기 전에 선조님 산소에 가야하는데 초라하다 늦봄에 와이셔츠 깃이 흠뻑 젖는다

선글라스에 초점이 생긴다 어머니가 봄꽃처럼 웃는다

괴강 다리를 지나 감물 쪽으로 접어들자 아까시 향기가 젖어든다 강가 풍경 앞에 어머니의 고운 눈이 아롱거린다 치매에 걸린 봄인지 모자 쓴 초여름이 손짓한다 굴곡진 시간 속에 옹기종기 날지 못한 언어들이 하늘을 난다 이담리* 햇볕이 무지개다 부모님 산소에서 내려오는 길가에 붉게 물든 오디까지 나를 반긴다

* 이담리 : 충북 괴산군 감물면 이담리(고향마을)

풍경

철쭉이 봄 햇살을 힘껏 잡아당기자
필까 말까 망설이는 연산홍이 받아든다.
이를 지켜보던 튤립이 방긋 웃으며
옆에 있던 수선화에 햇살을 전해 주자
기다리던 금잔디가 눈을 치켜뜬다.

파란하늘에서

여름 내내 앓던 갈증
새털구름으로 만들고

허리 틀며 울음 하는 강물은
순리에 따라 흐르고

높은 가지에 매달린 홍시는
고향을 그리워하는 외로움

나무로부터 버림받은 낙엽은
비운 자만의 발자국.

신작로

산모퉁이
울퉁불퉁 굽어진 길

아버지 발자국 소리
달빛처럼 스미는 그윽한 심연

가을이 피어나는 신작로
잃어버린 유산을 찾는다.

사과 향기

사과는 햇살의 젖을 먹고 자란다
과수원 농부는 자식이 많다
하늘 보고 땅 보며
애지중지 키워온 몇 달
소곤소곤 주렁주렁
주마등처럼 행복이 자란다
혼자 먹는 행복은 맛이 없어
밥값 하러 떠난다

성숙한 너의 미소에 담긴
비타민C의 반란
아담과 이브의 선악과
뉴턴의 만유인력
예술가의 머리와 입
자연과 인간의 조화
사과는 미의 철학
사과를 업은 바람의 향기
나를 날게 한다.

사슴

먼 하늘 그리워하는
한 마리 사슴이여

나에게 사랑으로 전율되어
전신으로 전해온다

시련의 시간을 초월하는
네 모습을 반추하며

내일의 삶을 꿈꾸는 너에게
감동의 노래 불러주고 싶다.

무심천

새벽안개가
잔잔한 수면 위로
하얗게 솜털처럼 부드럽게
천천히 원을 그린다.

피어오른 안개는
성난 파도가 되어
나의 다리를 휘어 감고
드디어 강둑을
아파트를 집어 삼킨다.

외로움 속에서
우두커니 있다가
한 마리 새가 되어
실종된 나를 찾아 헤맨다.

희뿌연 물체는
꾸역꾸역 토하다가
부끄러움을 느꼈는지
뒷걸음 쳐
햇살 속으로 사라진다.

* 무심천 : 청주 시내를 가로지르는 하천

금오도

비단을 깔아 놓았다
망향처럼 그리워 그곳에 갔다

섬과 섬 사이 넘나들며
파도가 춤을 추고 있다

파란 무대 위에서
멋지게 노래도 부른다

그대 곁을 지켜주는
호위병이 되고 싶다

방풍나물, 비렁길이 사무친다
그대에게 가슴을 묻는다.

* 금오도 : 전남 여수시 남면에 있는 섬

5월이 오면

꽃은 피고지고 피고
종달새 노래하는
아지랑이 피어있는 곳
함께 꽃길을 걸어요

5월이 오면
라이락 향기 가슴에 담아
아카시 향기 마음에 묻고
함께 사진을 찍어요

5월이 오면
붉은 장미꽃처럼
끓어오르는 사랑
함께 행복 쫓아 걸어요

5월이 오면
그레고리 펙 되고
오드리 헵번 되어
활짝 웃으며 사진을 찍어요.

내리는 빗속에

창밖의 빗발을 바라보며
멍한 상태에 빠져 든다

인동초에 얽힌 거미줄 풍경
투명한 문살로 연출 되었다

세찬 비에도 왕거미가 나타나
그네를 타며 시를 짓고 있다

골방 속에 갇혀 사는
나도 따라서 시를 짓고 있다

비 개인 후 인동초 향기가
멀리멀리 퍼져 나아가겠지.

원평 초교* 한마음 축제

- 축시

무심천의 얼과
원마루 정기 받고
자란 우리들

힘차게 달리며
하늘을 날으는
원평 어린이

손꼽아 기다린
원평 한마음 축제
기분이 짱이다

청군 이겨라
백군 이겨라
기량을 뽐내자

줄넘기
파도타기
한마음 되었다.

* 원평초교 : 청주시 소재

이담초교 총동문 한마음 축제

- 축시

고향땅 그리워
밤하늘 처다 볼 때면

이담 초교* 시절
반짝반짝 빛나는 사연

눈부시도록
눈물겹도록
머리에 담는다

금성*이어도
혜성*이어도

저별은 너의 별
이별은 나의 별
가슴에 담는다

서로의 소망
북돋아 주는
초롱초롱한 별처럼 살자.

* 이담초교 : 충북 괴산군 감물면 소재
* 금성, 혜성 : 돈 많은 사람, 출세한 사람, 못사는 사람 등 지칭

앞집 할머니

아침 햇살이 거꾸로 매달린 저녁 무렵 앞집 할머니가 집 앞에서 먼 하늘을 쳐다보고 있다. 대문 앞에 서있는 나는 어머니 생각에 눈시울이 붉어진다.

97세 되신 앞집 할머니는 아직도 정정하시어 귀도 밝고 눈도 밝으신데, 어머니는 74세에 이 세상을 뜨셨으니 불효를 한 죄심에 어머니 생각이 자꾸 든다. 어머니는 글을 잘 쓰시고, 꽃을 좋아하시며 곱게 지내셨는데, 일흔이 넘어선 앞집 할머니와 함께 마늘과 도라지를 까시어 푼돈을 장만하시곤 했다. 아침 일찍 대문을 나서려면 앞집 할머니는 집앞 도로를 거울처럼 비질 하시며 나를 보곤 씽긋 웃으실 때 어머니 생각이 아니 날 수 없다. 집앞 언덕위엔 샛노란 개나리꽃이 만발하고 화사하게 핀 벚꽃나무가지에 새 한 마리가 프드륵 프드륵 이리저리 날아다니며 무엇을 찾고 있다.

돌아가실 때까지 매일매일 일기를 쓰신 어머니 앞에 나는 오늘도 나무와 새가 되어 앞집 할머니를 날마다 만난다.

종부宗婦의 노년 탄식

올해만 내가 설 차례 음식 장만하고
올해만 내가 3대조까지 제사 모시고
올해만 내가 한식, 시향 준비하고
올해만 내가 김장, 김치 담그고
올해만 내가 아이들 돌보고
올해만 내가 종부로서 구름처럼.

내년부터 나는 건강을 챙기고
내년부터 나는 취미 생활하고
내년부터 나는 노래도 배우고
내년부터 나는 친구도 만나고
내년부터 나는 좋은 글 읽고
내년부터 나는 행복이 무지개처럼.

골병들고, 뼛골 빠져
올해까지만, 올해까지만,
그런데… 그런데…

2018. 1. 20.

밥 1

쌀이 온갖 고통을 겪고
고운 자태로 환생하여
향기를 발산하고 있다.

어머니 젖 냄새가 난다.

숙녀의 머리칼 냄새가 난다.

여고생의 화장 냄새가 난다.

갓난아이 손가락 냄새가 난다.

아카시 냄새가 난다.

수수꽃다리 냄새가 난다.

아침에 방금 구운 빵 냄새가 난다.

햇감자 찌는 냄새가 난다.

군밤 냄새가 난다.

커피 볶는 냄새가 난다.

비빔밥에 참기름 냄새가 난다.

잘 익은 참외 냄새가 난다.

말간 청포도 냄새가 난다.

빨간 사과 냄새가 난다.

봄 햇살에 비친 아지랑이 냄새가 난다.

고향 마을 저녁연기 냄새가 난다.

파란 하늘 냄새가 난다.

호박꽃 속에 앉은 벌 냄새가 난다.

길가에 해바라기 냄새가 난다.

화장실서 음악 냄새가 난다.

소리 없이 내리는 눈 냄새가 난다.

밥이 다 되었다는 신호에
부둥켜안은 모습 그리며
사랑에 취해 시를 쓰고 있다.

제 3부 멈추지 않는 발걸음

구멍 숭숭 뚫린 가슴팍에도
머릿속은 언어를 건축하면서
멈추지 않는 발걸음으로
산처럼 물처럼 살리라.

춘 3월

초인종이 울립니다

따스한 햇살이 환한 미소 머금고
대문 앞에 서 있습니다

반갑게 맞이하여 꽃차를 마시며
시냇물 소리를 담아 봅니다

그대의 연둣빛 고운정은
언제나 내 가슴에 피어 있습니다.

그림자

미행일까
경호일까
언제나 함께하는
동행

빛만을 쫓는
하루를 반으로 살면서도
보무당당한
반려자

그러나
밤이 되면
어디론가 숨어버리는
겁쟁이

나와 나의 실상과
허상과의 동행은
순리에 순응하는
짝꿍.

멈추지 않는 발걸음

기우뚱 맞바람이 차다
한 때 안락의자 시절 비워내느라
진눈개비 화살처럼 꽂히는 날에도
내 몸 위해 앞으로만 걷는다.

어느 쪽 집념도 지난 세월
굼뜬 발걸음보다 몇 발 앞선 눈빛
반반한 이마에 주름을 그었다.

구멍 숭숭 뚫린 가슴팍에도
머릿속은 언어를 건축하면서
멈추지 않는 발걸음으로
산처럼 물처럼 살리라.

시 쓰기1

사물 찾아 사랑을 나눈다
어떻게 말을 걸어 볼까
가슴만은 하늘빛이 된다.

이 시간에도 수십 갈래
구름처럼 떠다니는 마음
세상 밖으로 드러내고 싶다.

가슴 속 어디엔가
영롱한 불씨 하나를
화산처럼 폭발시킬 수 없을까

타고 남은 사리 찾으려고
마음의 불꽃 태우며
언어를 주워 모은다.

시 쓰기 2

제비꽃을 보다가
하늘을 우러러 본다
모두를 장미꽃으로 보는데
바람이 흔들어 댄다.

언어를 모아 보려고
낱말을 주어 보려고
짝짓기를 하는데
머리가 흐트러진다.

시는 창조가 모체
쉬는 생리가 모체
먹구름 속에 내린 소나기
술술 시가 쏟아진다.

자작나무 숲

은빛 찬란한 옷을 입고

그대를 기다리는 천사들

아!

비단숲에서 세월을 낚고 싶다.

갈맷길*

바다가 불러
갈맷길 왔네

철썩~ 철썩 뺨을 맞으며
섬 가운데 서있네

코끝을 스치는 해음
파릇한 솔향기

자연의 신비 속에
이내 마음 추슬렀네.

* 갈맷길 : 부산 해안 지역 전역에 조성되어 있는 탐방로

인생

봄 한나절 햇볕 같고

코스모스 흔들다간 바람 같고

잠시 끓었다 식은 맹물 같지만

가치 있는 삶으로 살아가야지.

물처럼

긴 세월 인내하는 물줄기여
끝없이 가는 곳이 어디 인가요

부디 거침없이 흘러 흘러
큰 강물 되게 해 주소서

속세에 찌든 내 마음
움켜쥔 것 내려놓고

물처럼 유유히 흐르듯
초연한 삶 이루게 하소서

밤비

고목나무에
달라붙어
쓰러트리려나

아니다
생기를 주고

먼동이 트면
사라지겠지

단비. 떡비. 약비야.

촛불이 되고 싶다

작은 촛불이고 싶다
훨훨 타다가 끝내
흔적 없이 녹아내리는 촛불이 되어
그대 가슴에 기억 없이 사라진다 해도
어둠을 삼키는 한 줄기 사랑의 빛이 되어
끝내 온몸을 태우리.

작은 풀꽃이고 싶다
깊은 산속에 홀로 피어나
기다림에 지쳐 길게 목젖을 쳐들며
다가오지 않는 그대 목소리에 귀 기울이면
풀꽃은 어느새 눈물방울 되어 떨어진다 해도
끝내 견디어 내리.

작은 별이고 싶다
어디선가 외로움에 떨고 있을
쓸쓸한 그대 가슴에 별똥이 되어
사랑의 불씨를 심어주면
힘겨운 세상살이 다시 어깨 깃을 세우며
끝내 소망을 이루리.

촛불도 풀꽃도 결국엔
스러지는 별똥별 같은 것
나는 단단한 돌이 되어
그대 가슴에 남겨지리.

개미

불볕더위 속
나무 그늘에 앉아
멀리 가까이
푸르름을 본다

발아래 개미가
집을 찾는지
먹이를 찾는지
부산스럽다

세상 구경 나온 지렁이
햇살에 기력을 잃고
이미 삶을
포기하고 있다

개미를 만나
사투를 벌이는 지렁이
독침을 맞고
ko패 당했다

사력을 다해
나무토막 물고 가는
개미의 모습 보고
서산의 해 멈추어 섰다.

하늘빛 사랑

보고픈 이를 향한
그리움의 빛깔 있다면
슬프도록 아름다운 하늘빛

꽃구름이 연기처럼 솟아
애달픈 사랑의 열매를 맺어
보고픔으로 물들게 한다

그리움의 머리로
보고 싶은 가슴으로
기다림의 혼魂으로

천사구름 그리는
파란 하늘 정경을 보며
천지에 붉게 물든 시심詩心을 담는다.

화양계곡*

하얀 거품 일으키며
기차는 쏜살같이 달려간다

아홉 정거장 거치며
끝없이 달려간다

나도 따라 차창에 기대어
쉼 없이 달려간다

역경 딛고 가는 기차
언제쯤 멈춰 설까.

* 화양계곡 : 충북 소재 도명산 밑 계곡.

항아리

움직이지도 않고, 서서
한없이 기다리는 삶

더우면 덥다고
추우면 춥다고 말도 안 하고

옹기종기 모여서
베풀어 가는 삶

비어도 늘 배가 부른
초연한 보물단지.

나무처럼

나무는 웃지도, 울지도 않습니다
사람 사는 세상과 다르게
묵상만 하고 있을 뿐입니다.

그렇지만 나무는 모든 것을 다 알고 있습니다
자기 곁을 스쳐간 소리를 들으면서도
그저 침묵만 하고 서 있습니다.

나무는 하늘을 향해 포효도 합니다
그러나 서로가 지혜롭게 상생하며
뿌리를 굳건히 내리고 살아갑니다.

나무는 마음을 비우고 삽니다
보낼 것 보내고 비울 것 비우며
수행하며 세월을 맞이합니다.

나는 청맹과니
나무가 지닌 미덕을 제대로 못 보지만
나무처럼 반듯하게 살고 싶습니다
나무처럼 비워가며 살고 싶습니다.

제 4부 고추잠자리

보랏빛 창공
푸르른 산천
샛노란 대지
사랑을 찾는
갈대 끝 고추잠자리

봄 햇살

고양이가

하염없이 졸다가

기지개를 켜면서

봄을 낚아채고 있다

은하수

섬 가운데 은하수가 쏟아졌다
별들이 내려와 바다를 채웠다

- 거제도 망산 앞바다

산

거울 앞에
항상 마음의 수련을 쌓는다.

관매도*

고향을 간직한 그대
하늘까지 가슴에 담고
자연과 함께 호흡하며
온몸을 물들이고 있다.

* 관매도 : 전남 진도 옆에 있는 섬.

최고는

물보다 진한 것이 피,

피보다 진한 것이 사랑

사랑 좋아하네

최고는 돈이지

다 해결되니까…

당첨

꿈인지
생시인지

아침인지
저녁인지
해뜩 발긋하네

그렇지
그렇지!

떨리는 목소리

황홀한 노을을

가슴에 담고 사는

달님의 마음.

시詩

하얀 바탕 위에
언어를 건축 한다

주춧돌 하나 찾으려
열흘이 걸렸다

사랑

눈에 꽂히면
온 세상이 무지갯빛

가슴에 꽂히면
온 삶이 하늘빛

거짓말

만우절만 거짓말 하던 시절
요즘 아니면 말고, 거짓말 하는 시대
음해가 사람 잡는 현대.

삶

삶이 병상에 누워
하늘을 걷는다.

언제쯤일까

언제쯤 볼까
언제쯤일까

하늘 향한 마음

언제쯤 닿을까
오늘도 내일도

바다 1

외로운 섬에게
키스를 퍼붓고 있다.

바다 2

저 하늘 끝까지
네 등을 밟으며
마냥 걷고 싶다.

바다 3

세상 풍파 다 겪으면서
넌, 왜 말도 안 하니?

정동진 1

파도가 물기둥이다
내 쓸개를 적신다.

정동진 2

잉크 빛 겨울바다
하얀 포말이
내 가슴에
하얗게 글씨를 써놓았다

비우고 비우며 살라고…

정동진 3

기마병들이
진군나팔을 불며
전진하다가
폭탄을 맞고서
모래를 핥고 있다.

수석壽石 1

세월을 낚으며
삶을 꽃물 들인다.

수석壽石 2

참을 인忍자 보면서
매일 대화한다.

수석壽石 3

천지풍파 다 겪고서
고운 얼굴로 보여 준다.

고추잠자리 1

저녁노을과
살고 싶다.

고추잠자리 2

보랏빛 창공

푸르른 산천

샛노란 대지

사랑을 찾는

갈대 끝 고추잠자리

제 5부 파란 마음

사랑과 행복이 어울림 되어
기쁨이 가득한 사랑으로
고운 향기를 나눌 수 있는
참사랑이었으면 참 좋겠습니다.

나무와 나

나무의 그늘은 점점 작아져만 가는데
바람은 스물스물 가장자리에서 소근거린다
자신의 마음결에 따라
색깔을 만들어 주곤 살며시 떠난다
나무에서 떨어져 드디어 전설이 된 낙엽들이
발아래 사각사각 부서져
진정한 가을 옷을 입는다.

이제 모두 손을 잡고 띠를 둘러
가을을 붙잡으려 안간힘을 써보지만
나뭇잎을 물들일 때
부드럽게 속삭이던 바람은
낙엽 잡은 손들을 한 번에 떼어 놓는다
떠나는 것들은 때가 되면
반드시 떠나게 되어 있다고 일침하며
나를 바라본다.

대청 호반에서

그대와 함께 있던 대청호반을 가보았습니다
가장 깊은 곳에 있던 물이
가장자리로 나와 반겨주었습니다
내려가는 내 발자국 따라
앙귀도 꽃망울을 뽐내며 따라왔습니다.

그대와 함께 있던 대청호반을 가보았습니다
서로 말은 없어도 난 알 수 있었지요
총총걸음으로 날 좋아 한다고 했습니다
호반 위를 비추는 불빛이 별빛이 되어
나의 가슴을 황홀하게 만들었습니다.

그대와 함께 있던 대청호반을 가보았습니다
천사가 나타났다는 말에
한번 스쳐가는 바람이 아닌 것을 알고
그대는 대청호반을 꽉 붙들고 있었습니다.

그대와 함께 있던 대청호반을 가보았습니다
저 건너 불빛이 나의 가슴에 스며들어
사랑의 돌이 되어 박혀 있으니
그대는 정녕 천사가 되어 내게 안겼지요.

봄

노란 개나리
봄빛을 중계한다

선홍빛 진달래
가슴을 불태운다

들꽃이 작은 소리로
햇살에 속삭인다

내 곁에 있어 달라고
내 곁을 떠나지 말라고

목련 1

천사보다도 순결한 여인
어쩌면 낭자가 되어
살며시 안기고 싶은 당신

청순한 여인의 숨결처럼
연지곤지 찍고 떨고 있다가
애처롭게 떠나는 당신

그녀는 정녕
봄을 알리는 전령사
바람 따라 왔다 가는 당신.

목련 2

백로떼가 무리져
꽃동산을 만든다

화들짝 치마폭 젖히며
방긋 웃는 그대

황홀함에 눈이 시려
머리로 다시 보니

유희하는 천사들
그대는 한편의 시.

목련 3

하늘에 목화 구름
고귀한 자태여
그 황홀함이여

온세상 밝히는 너
함박웃음은
봄꽃의 상징이다

신비를 보여주는 너
속살 부끄럼 감추려고
하양 노랑 빨강으로 피었구나

탐스런 미모에
나는 선망의 눈으로
너의 아름다움을 배운다.

네 잎 클로버 1

행운을 잡아 푸르게 잘 살 줄 알았는데

꽃 상자 속에 바싹 말라 환생하길 바라네

네 잎 클로버 2

클로버는 세 잎이어야 하는데도
네 잎을 간절히 찾는 것은
당신께 소중히 바칠 수 있어서입니다

지천으로 밟히는 세 잎보다
한 잎을 더 가진 것은
여느 사람들보다 한결 더 여유로우신
당신의 맘 같아옵니다

행운을 거머잡는 떨림으로
네 잎 클로버를 따고 보니
세상 살아가는 데는
남는 것도 짐이 되나 보군요

필경 한 잎 모자라는 짝을 찾아
남 되도록 나누고 베푸시니
남 모자라길 참 잘했구나
바보만큼 행복한 꿈을 꿉니다

긴긴 기다림의 끝장쯤 가면
당신의 그 마음 섶 여시어
내 빈 가슴 채워 주시겠지요.

능소화

세월의 흐름에도 변함없이
너는 또 다시
내 눈을 멀게 한다

한 여름 뙤약 볕에
벽을 오르는 너의 끈기
나의 정수리에 박는다

너의 여리고 선한 심정
하늘에서 내려온 천사
너를 보면 가슴이 뛴다

불변의 사랑
천상에서 꽃피우니
어찌 너를 잊을 수 있으리

너의 그 고운 정
나의 불변의 심연으로
천상화로 사랑 나누리.

그리움

오색 풍선은 빙빙 돌며
하늘로 올라가고
천사는 사뿐사뿐 내려와
내 가슴에 묻힌다

하얀 날개를 휘날리며
내리는 눈 속에
사랑하는 사람이 서 있다

눈이 내리면
그리움이 밀려온다
눈이 내리면
그리움이 찾아든다

그대가 있기에
아무도 걷지 않은 눈 위를
발자국을 남기며 걷고 싶다

그대가 있기에
천국의 설산에 올라
그리움을 찾고 싶다

하얀 도화지에 꽃송이로
그대 이름을 쓰고 싶다.

사이

안면과 안면 사이엔 미련이 있다
시선이 있고 머무름이 있다
부딪힘이 있고 망설임과 포기가 있다
더불어, 고집이 있다 오기를 넘어
아집이 있다
적이 있고 동료가 있고 막역지우가 있지만
무수한 호시탐탐이 있다.

안면과 안면 사이엔 허공이 있다
초점이 없는 생각이 있고, 또한 없다
회한이 있고 불만족이 있다
기대와 실망이, 신기루와 후유증이 있다
없어졌다가 나타난 면목이 없다
핏대와 높은 음성과 황당함이 있다
갈팡질팡하는 눈동자가 엿보인다.

당신 자체가 빛이기 때문입니다

내 영혼은 보다 간절한
사랑을 원하고 있습니다.

내 눈은 당신을 바라볼수록
눈부시도록 황홀합니다.

당신 자체가 빛이기 때문입니다.

당신의 운명이
족쇄에 채워지지 않도록
당신의 뜻에 귀 기울이겠습니다.

절절한 내 속엔
진실한 당신이 있어
내 삶은 맑고 용기가 솟구칩니다.

이미 시공을 넘어
내게 분리된 당신은 없습니다.

당신 자체가 빛이기 때문입니다.

친구

아침이슬 머금은 코스모스길
사뭇 곱기도 하다

청명한 하늘에 새털구름처럼
아름답게 떠오르는 얼굴
가까이 있어도 마음대로 못 보는
먼 산의 단풍 같은 친구

깊어가는 가을
하얀 억새꽃을 보려 무나
우리 머리에도 어느새
흰 머리가 가득하다

빨간 단풍잎에 너의 소식을 묻고
노란 은행잎에 나의 소식을 전하려니
울컥 밀려오는 그때 시절이 그립다
나만 그런 건지, 너도 그런 건지

가을이 가기 전에
가을 산에 우리 모습을 물들여보자.

나비야!

호랑나비가 수직을 긋고 있다

화사한 햇살을 휘어잡은
채소밭 나비 두 마리

나비 한 마리
꽃비를 맞으며 날갯짓 한다

나비 한 마리
풍선을 타고 하늘을 날고 있다

5월의 세상은
풍선을 탄 나비가
내 가슴에 옹차게 박혀있다

호랑나비야
너도 그렇지 ?

파란 마음

삶이 답답할지라도
하늘을 바라볼 때면
늘 힘이 되어주는 사랑이
있었으면 좋겠습니다.

고추잠자리 맴도는 마당가에
파란 마음으로
메아리치는 늘 푸른
사랑이었으면 좋겠습니다.

비록 그대와 나
멀리 있다 하여도
늘 처음처럼 설레는 마음으로
열심히 살았노라고 이야기 할 수 있는
그런 사랑이면 좋겠습니다

흐르는 강물은
다시는 돌아오지 않습니다
지나간 시간은
다시는 돌이킬 수 없습니다

늘 푸른 솔향기가
가득했던 날들이여.

늘 힘이 되어주는 사랑하는 님이여
여름향기가 아쉬워
작별을 이야기 하는
쓸쓸한 매미들의
합창 소리가 들리는지요.

해가 지고 달이 뜨는 배경에서
해와 달의 아름다운 연緣
정겨운 이야기들이 여름밤의
꿈 이야기가 하나둘씩 피어납니다.

말없이 흘러가는
강물 같은 인생이여
서로가 서로에게 마음의 정 나누며
살아도 부족한 우리네 삶
여정이기에 늘 우리는 하나요
늘 사랑도 하나여야만 합니다.

세상이 우리를 힘들게 하여도
그대와 나 귀뚜라미 노래하는
사랑과 행복이 어울림 되어
기쁨이 가득한 사랑으로
고운 향기를 나눌 수 있는
참사랑이었으면 참 좋겠습니다.

겨울나무

마음을 비워도
늘 풍요롭다

산과 바다처럼
침묵으로 서있다

쓸쓸해 보인다고
생각하지 마라

보란듯이 버텨 내면서
환희의 봄을 부르고 있다.

자화상

사대부 집안에 태어나
귀엽게 자라더니
한양으로 날아가

이곳저곳 기웃거리다
둥지도 못 틀고
새장에 갇혔네

가슴속 노래 부르며
휘젓고 다니다가
창공을 뚫고 날으니

내 세상 되었다고
세상구경 하다 지쳐
날개를 접으려다

미련이 남아
좋은 터 찾는
갈대 위에 앉은 새.

영원히 별을 헤다

북간도의 명동촌
해란강의 찬란한 별빛이 떠올랐습니다.

밤하늘의 별을 헤아리며
님은 고고한 꿈을 키웠습니다.

별같은 맑은 영혼이 되고 싶어
님은 문학 소년이 되었습니다.

용정의 맑은 하늘과
일송정의 높은 기상을 간직했습니다.

청운의 뜻을 품고
연희전문을 거쳐 일본 유학길을 걸어갑니다.

고향 하늘의 별들을 헤아리며
민족을 굳건히 사랑했습니다.

하늘과 바람과 별을 거울삼아
참회록을 쓰며 어둠을 몰아내었습니다.

후쿠오까 감옥의 처연한 삶속에서도
못다한 조국 독립운동을 수만 번 되새겼습니다.

다시금 선구자의 별로 떠오른
님의 생가에서 해맑은 영혼의 체취를 느껴봅니다.

붉은 노을진 명동촌 산기슭에
무성한 옥수수대가 서걱거리며 하직 인사합니다.

밤에는 별을 헤다 달을 쏘던 님이여
시 같은 삶을 살다간 님이여!

용정시 교외 양지바른 언덕위에 묻힌
님의 묘소에 엎드려 흐느낍니다.

읽어도 읽어도 감명 깊은 시
서시를 읊조리며 추모하옵니다.

님 앞에
부끄러운 시를 써온 것을 참회합니다.

민족의 그림자여
영원히 별을 헤어 주옵소서.

잎새에 이는 바람에도 괴로워 했던
님이여 !

* 2017년 윤동주 탄생 100주년을 맞아 생애 평전시임.

작품해설

나무와 나와 별과 돌의 동행, 안광석 시학

민 용 태
(시인·스페인왕립한림원 종신위원·고려대 명예교수)

"잠이 대청마루를 베고 누웠다"는 안광석 전 시집 제목이 매우 인상적이었다. 우선 "잠"이라는 무형의 명사를 의인화시킨 것이 멋있었다. 그 분께서 "대청마루를 베고 누었다"라고 표현하는 것은 "내가 대청마루에서 잠을 잤다"는 말보다는 100배 평안한 시골 대가집에서의 넉넉한 휴식을 암시하고 있다. 주어(나)와 동사(자다)를 환유換喩, metonymy적 상상력으로 바꿔친 동사의 절대화 수사법 또한 일품이다. 이런 표현이야 말로 안 광석 시인의 "자화상"에서 말하듯 "사대부집안"의 고즈넉한 삶의 향기를 살리는 시표현의 묘妙라고 할 수 있다.

이번 "돌이 속삭인다"도 그에 못지않는 수사법과 진솔성으로 독자를 맞이한다. 안 광석 시인의 순수성과 소박성을 잘 대변하는 것이 특히 봄에 대한 시가 많다는 점. 봄은 에덴동산이나 무릉도원 같은 행복의 이미지로 가득하다. "벚꽃"이라는 시를 보면 불교의 찰나적 깨달음이

나 열반에 가까운 극치감이 돋보인다. 그러나 물론 이것은 "소녀"나 세속적 순수와 아름다움에 대한 칭송이다.

봄빛 물결처럼 비친 무지개
동그랗게 매달려 있다

하늬바람에 살랑이는
소녀의 순정

차라리 담고 있으렴
피면 꺽이는 법

비밀은 풀지 않고
간직해야만 하는 우주

촌각을 버티고 있는
저 찬란한 외침을

시는 항상 자연 앞에서의 우리의 일상 경험을 승화하는 힘을 가지고 있다. 벚꽃의 화사하고 찬란한 도취감, 매혹적인 향기는 우리에게 "자연적 순수로 돌아가라"라고 외치고 있는 것 같다. 안 시인의 "연두빛 꿈"에도 새봄에 깨어나는 어린 생명들의 "사랑하라, 사랑하라" 외치는 소리가 들린다.

봄빛과 살 비비는
새싹의 사랑

피어오르는
무지갯빛

연둣빛 꿈
새싹의 용기에

봄비가 찾아와
사랑까지 주고 가네

에로틱하기까지 한 "봄빛과 살 비비는 / 새싹의 사랑"은 "봄비가 찾아와 / 사랑까지 주고 가네"로 극치감에 이른다. 이런 봄 시인의 서정은 사대부 집안 도련님 같은 복고적 이미지도 사양하지 않는다. "철쭉꽃"의 고풍스러운 장난끼를 보자.

다섯 폭 꽃 대궐 속
곁에 두고 살렸더니
꽃샘바람 심술꾼이
벌써 와서 흔드는군

욕심과 시기로

흔드는 세상사를
청순한 저 도령은
알기나 하시는지.

안광석은 샌님 같은 어린 시절의 자연과 함께 하나되던 순수와 소박성의 아름다움을 끝까지 지키기를 원한다. "첫눈 내린 날" 안 시인은 또다시 동심으로 뛰놀던 고향 마을로 돌아간다. 그리고 그 포근함 속에서 "욕심과 시기로 / 흔드는 세상사를" 하얗게 덮어주고 순화하는 하늘의 하얀 손길을 감사의 마음으로 느낀다.

시간의 아픔을
첫눈이 포근히 감싸 주었네

그대가 이 땅에 처음 내린 날
삼라만상 모두가 하나 되었네

도심 속 검정이 수채화로 물들어
동심으로 돌아가 마냥 뛰었네

그대가 이 땅에 처음 내린 날
중생은 하얀 눈꽃으로 피어났네

순백의 꽃가루 밟고 가는 가슴

생을 하얗게 덧칠하여 바위 되었네

첫눈 오신 날
하늘 열리고 천사가 내려오네.

이쯤 되면 우리는 "아이는 어른의 아버지"라고 말한 최고의 낭만주의 시인 W. 워즈워스의 "무지개"를 기억하지 않을 수가 없다. "하늘의 무지개 바라보면 / 내 마음은 뛰노라. / 나 어릴적 그러하였고 / 어른 된 지금도 그러하고 / 나 늙어서도 그러하리니, / 그것이 아니라면 차라리 죽음이 나으리라! / 아이는 어른의 아버지 / 바라노니 내 생애의 하루하루가 / 자연에의 경건한 마음으로 이어지기를." 안 광석 시인의 순수성은 여러 면에서 워즈워스를 닮았다. 자연에의 경배와 어린애의 순수성을 뿌리로 하는 에스프리가 그것이다. 그런 의미에서 "마을은 하늘"이라는 시가 어린 시절의 감흥을 다시 맛보도록 한다.

아이들은 다 헤진
치마바지를 입고
하늘로 뛴다

누가 먼저랄 것도 없이
담 밑으로 모여들어

일제히 햇살을 잡아당긴다

각자 두 눈을 감으며
공중 부양하는 주문을 건다

멋진 말 타기는 실패했어도
자리를 뜰 줄을 모른다

겨우내 눅눅했던 몸 말리며
어젯밤 무서리 애기꽃 피우는데

영자 아버지 뒷짐 지고
긴 담뱃대 하늘로 쳐들고
헛기침하며 지나간다.

그렇다. 어린 시절이야말로 별이 발밑에 깔리고 하늘이 손에 잡히던 시절이다. 땅 밟고 하늘 바라며 살던 시골 마을의 삶은 돈과 권력. 시기 질투의 전쟁터에서 사는 현대인에게 자연을 법으로 살아가는 진정한 삶이 무엇인가를 일깨워주는 아름다운 모델이다.

안 시인은 "나무와 나"라는 시에서 가을 되면 떨어지는 낙엽을 보며 자연의 순리를 배운다.

나무의 그늘은 점점 작아져만 가는데

바람은 스물스물 가장자리에서 소근거린다
자신의 마음결에 따라
색깔을 만들어 주곤 살며시 떠난다
나무에서 떨어져 전설이 된 낙엽들이
발아래 사각사각 부서져
진정한 가을 옷을 입는다.

이제 모두 손을 잡고 띠를 둘러
가을을 붙잡으려 안간힘을 써보지만
나뭇잎을 물들일 때
부드럽게 속삭이던 바람은
낙엽 잡은 손을 한 번에 떼어 놓는다
떠나는 것들은 때가 되면
반드시 떠나게 되어 있다고 일침하며
나를 내려다본다.

동국대 국문과를 나와 그 어려운 공무원 시험에 합격하여 정년으로 은퇴한 인생의 안 시인은 평생을 함께 한 직장을 떠나면서, "낙엽 잡은 손을 한 번에 떼어놓던" 퇴임식의 손길들을 기억한다. 직장도 인생도 "…때가 되면. 반듯이 떠나게 되어 있다고 일침하며 / 나무가 나를 내려다보는" 것을 본다.

다시 보면 삶이 맛있고 향기로웠던 것도 사과나무에서 "사과 향기"를 맛보면 안다.

사과는 햇살의 젖을 먹고 자란다
과수원 농부는 자식이 많다
하늘 보고 땅 보며
애지중지 키워온 몇 달
소곤소곤 주렁주렁
주마등처럼 행복이 자란다
혼자 먹는 행복은 맛이 없어
밥값 하러 떠난다

성숙한 너의 미소에 담긴
비타민C의 반란
아담과 이브의 선악과
뉴턴의 만유인력
예술가의 머리와 입
자연과 인간의 조화
사과는 미의 철학
사과를 업은 바람의 향기
나를 날게 한다.

"사과는 햇살의 젖을 먹고 자란다"의 이미지는 절구다. 사과나무에 사과가 주렁주렁 열리는 것을 보고 "과수원 농부는 자식이 많다"라고 말한 것도 멋지다. "하늘 보고 땅 보며" 사과나무 가꾸는 농부니까. 주렁주렁 열린 사과를 보며 "소곤소곤 주렁주렁 / 주마등처럼 행복이 자란다"고 말한다.

더 나아가서 인류 역사에 담긴 사과의 공로와 맛을 되새김질한다. "비타민C의 반란 / 아담과 이브의 선악과 / 뉴턴의 만유인력 / 예술가의 머리와 입 / 자연과 인간의 조화 / 사과는 미의 철학 / 사과를 업은 바람의 향기 / 나를 날게 한다"

안광석 시인은 마침내 "나무처럼" 세 명상, 묵상, 수행의 길을 배운다.

나무는 웃지도, 울지도 않습니다
사람 사는 세상과 다르게
묵상만 하고 있을 뿐입니다

그렇지만 나무는 모든 것을 다 알고 있습니다
자기 곁을 스쳐간 소리를 들으면서도
그저 침묵만 하고 서 있습니다

나무는 하늘을 향해 포효도 합니다
그러나 서로가 지혜롭게 상생하며
뿌리를 굳건히 내리고 살아갑니다

나무는 마음을 비우고 삽니다
보낼 것 보내고 비울 것 비우며
수행하며 세월을 맞이합니다

나는 청맹과니,
나무가 지닌 미덕을 제대로 못 보지만
나무처럼 반듯하게 살고 싶습니다
나무처럼 비워가며 살고 싶습니다.

인생의 언덕을 굽이굽이 올라서면 누구나 조금은 마음 비우는 스님이 되고 몸 바르게 "나무처럼 반듯하게 살고 싶은" 유교인이 된다. 올바른 한국인치고 유불선儒彿仙을 함께 사는 풍류도최치원인 아닌 사람이 누가 있으랴. 항상 매사에 신중하고 삼가며 중용을 지키고 "주역周易"의 음양의 순리를 지키는 것이 안광석 시인의 선비다운 모습이다. 안 시인은 "그림자"도 나의 떼려야 뗄 수 없는 동반자임을 안다.

미행일까
경호일까
언제나 함께하는
동행

빛만을 쫓는
하루를 반으로 살면서도
보무당당한
반려자

그러나
밤이 되면
어디론가 숨어버리는
겁쟁이

나와 나의 실상과
허상과의 동행은
순리에 순응하는
짝꿍.

안 시인은 항상 자신을 따라다니는 그림자를 보며 "미행일까 / 경호일까" 의심해본다. 현실적 자아인 자신과 꿈과 이상만을 좇는 사인인 자신 사이의 갈등. 어떤 것이 나의 실상이고 어떤 것이 나의 허상인가? 돈과 출세, 빛만을 좇는 현실적 삶이기를 바라는 나의 의식이 있다. 직장인, 공무원으로서의 나이기를 바라고 경호하는 그림자. "하루를 반으로 살면서도 / 보무당당한 / 반려자"가 있음을 본다. "그러나 / 밤이 되면 / 어디론가 숨어버리는 / 겁쟁이"인 현실 의식…. 밤에는 나의 잠과 꿈과 생명성, 시의 시간이니까.

그러나 다시 생각해 보면, 내 몸은 실상이고 그림자는 허상이다. 어떻든 나는 나이면서 나의 그림자. "나와 나의 실상과 / 허상과의 동행은 / 순리에 순응하는 / 짝꿍."이라는 표현은 음양의 조화를 이상으로 삼는 동양 철학의 뿌리이다. 이렇듯 안광석 시인은 "도道는 자연의 법칙을 따른다道法自然"는 순리를 따르고자 한다. 시집 제목처럼 늘 "돌이 속삭이는" 소리, "산처럼 강처럼 / 감사하며 사랑하라"를 실천하는 것이 그의 시도詩道이다.

다만 하나 아쉬운 점은 지나치게 자연 순응적 시정신에 연연하다 보니, 시어들까지 자칫하면 너무 쉽게 타성적인 함정에 빠지는 일이 있다는 것. 나이가 들어갈수록 우리는 긴장의 끈을 놓지 말고, "잠이 대청마루를 베고 눕는" 표정까지 항상 눈여겨보아야 할 것이다.

안광석 시인의 세 번째 시집 출간을 진심으로 축하한다.

발문

자연 친화와 삶의 지향

이 혜 선
(시인·문학평론가·동국문학인회장)

안광석 시인은 자연 친화의 시인이다.

자연에서 자신의 거울을 보고 자신의 그림자를 보며 스스로 자신을 닦아나가는 시인이다.

봄이 오면 봄꽃을 노래하고 가을 오면 가을꽃을 노래하고, 계절마다 피는 꽃과 나무와 산과 미물들을 노래한다. 자연 속에서 우주의 섭리를 읽어내고 인간 삶의 도리와 지향점을 읽어내고 사랑을 읽어낸다. 그리하여 시인은 자연을 닮으려 하고 자연과 함께 삶의 자세를 닦아나가는 수행자가 되려 한다.

그는 일찍이 문학의 텃밭인 동국대학교에서 문학을 전공했지만, 공무원으로서의 맡은 바 직무에 충실하다가 퇴직한 후에 젊은 날의 꿈을 다시 끌어당겨 글쓰기에 정진한 후 문학파이다.

천성이 부지런한 대로 창작도 부지런히 하여 시인과

수필가로서 활발히 창작활동을 하는 한 편으로 문단활동과 글쓰기 지도, 봉사활동과 산행까지 열심히 하는 만능인이다. 자신에게 주어진 재능에 감사하면서 안분지족安分知足하며 매사를 선하게 실행하고 강한 추진력으로 후진을 지도하며 지역문단을 이끌어나가고 있다.

나무는 웃지도, 울지도 않습니다
사람 사는 세상과 다르게
묵상만 하고 있을 뿐입니다.

그렇지만 나무는 모든 것을 다 알고 있습니다
자기 곁을 스쳐간 소리를 들으면서도
그저 침묵만 하고 서 있습니다.

나무는 하늘을 향해 포효도 합니다
그러나 서로가 지혜롭게 상생하며
뿌리를 굳건히 내리고 살아갑니다.

나무는 마음을 비우고 삽니다
보낼 것 보내고 비울 것 비우며
수행하며 세월을 맞이합니다.

나는 청맹과니,
나무가 지닌 미덕을 제대로 못 보지만

나무처럼 반듯하게 살고 싶습니다
나무처럼 비워가며 살고 싶습니다.

-「나무처럼」 전문

위의 시 「나무처럼」에서는 희로애락을 겉으로 드러내지 않고 수행자처럼 묵상하고, 모든 것을 다 알면서 침묵하는 나무, 마음을 비우고 이웃과 상생하는 지혜로운 나무의 삶을 통해 자신의 삶의 지향점을 제시하고 있다. 특히 나무가 지닌 미덕을 다 알면서도 "나는 청맹과니"라는 반어법을 통해 자신의 지향점과 의지를 더 강하게 강조하는 효과를 얻고 있다. 나무가 지닌 여러 가지 미덕을 배워가며, 자신을 비우고 반듯하게 살고 싶다는 시인의 삶의 태도가 무게 있게, 아름답게 읽히는 작품이다.

이번 시집 『돌이 속삭인다』에는 시인이 생각하는 삶의 지향점이 곳곳에서 표출되고 있다.

구멍 숭숭 뚫린 가슴팍에도
머릿속은 언어를 건축하면서
멈추지 않는 발걸음으로
산처럼 물처럼 살리라.

-「멈추지 않는 발걸음」 부분

자연은 천국이다

산처럼 강처럼
감사하며 사랑하라

세상은 거울이다
진.선.미. 추구하며
세월을 닦아라

-「돌이 속삭인다」 부분

직설적인 표현이기는 하지만, 자연을 본보기로 삼고 자연의 소리 없는 말을 들으면서 자신의 삶을 닦아나가겠다는 의지가 표출되어 있다.

뿐만 아니라 시인이 보내준 20여 편의 원고 속에는 단편적이기는 해도 반짝이는 개성적 표현이 곳곳에서 눈길을 끈다.

진군 나팔소리에
뜨겁던 백사장도 식는다

코스모스 첨병 세우고
국화가 방긋 웃는다

귀뚜르르 악기소리에
나뭇잎도 춤을 춘다

가을은
이미 산천에 비단 깔았다.
-「귀뚜라미」 전문

백사장이 귀뚜라미의 "진군나팔소리에 식는다"든지, "가을은 / 산천에 비단 깔았다"라는 개성적인 발견, 그리고 귀뚜라미의 울음소리를 "귀뚜루루 악기소리"라는 연상법으로 표현한 의성어의 사용 등 안광석 시인만의 독특하고 빛나는 표현들이 독자들에게 시 읽는 맛을 느끼게 해 줄 것이다.

그 외에도 "봄빛과 살 비비는 / 새싹의 사랑"(「연두빛 꿈」 부분), "고양이가 / 하염없이 졸다가 / 기지개를 켜면서 / 봄을 낚아채고 있다"(「봄 햇살」 전문), "사과는 햇살의 젖을 먹고 자란다 / 과수원 농부는 자식이 많다"(「사과 향기」 부분) 등에서도 안 시인만의 개성적인 표현들이 빛난다.

안광석 시인이 꽃을 보되 꽃만 보지 않고 그 줄기와 가지는 물론이고 보이지 않는 뿌리까지 보아내는 인식의 눈을 가지는 나이에 이르러 펴내는 이 시집에 필자의 상찬과 기원을 얹으면서, 이 시집이 독자들의 사랑을 받고 감동을 주며 그들의 정서를 풍부히 해 줄 것을 기원한다.

기간은 다르지만 같은 캠퍼스에서 같은 스승에게 배우

며 공부한 인연을 소중히 생각하여, 부족한 필자에게 발문을 부탁하시기에 사양하다가 몇 자 적는다.

안 시인님! 앞으로 더 훌륭한 시를 쏟아내는 큰 시인이 되시기를 기원합니다.

2018년 신록의 계절에

안광석 제3시집
돌이 속삭인다

초판 인쇄 2018년 5월 08일
초판 발행 2018년 5월 15일

지은이 안광석
펴낸이 박명순
펴낸곳 문학시티

주 소 100-015 서울시 중구 창경궁로 1가 29 (3F)
전 화 02-2272-2549
이메일 munhakmedia@hanmail.net
공급처 정은출판(02-2272-9280)

ISBN 978-89-91733-55-8 (03810)
값 10,000원